LE COURONNEMENT DE L'ÉDIFICE

Havre. — Imprimerie Carpentier et Cᵒ, rue Beauverger, 2.

LE

COURONNEMENT DE L'ÉDIFICE

PAR

FÉLIX RIBEYRE

(Extrait du *Courrier du Havre*).

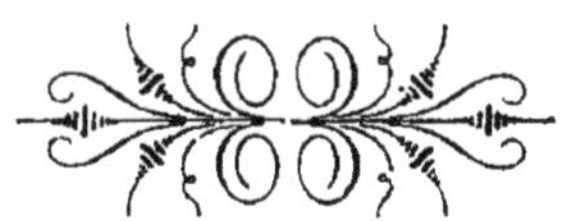

PARIS

E. DENTU, ÉDITEUR

LIBRAIRE DE LA SOCIÉTÉ DES GENS DE LETTRES

Palais-Royal, 17 et 19, Galerie d'Orléans.

1867.

AVANT-PROPOS

LE 19 JANVIER 1867

Lettre de l'Empereur au Ministre d'Etat :

« Palais des Tuileries, le 19 janvier 1867.

»Monsieur le ministre,

»Depuis quelques années, on se demande si »nos institutions ont atteint leur limite de perfec- »tionnement ou si de nouvelles améliorations doi- »vent être réalisées ; de là une regrettable incer- »titude qu'il importe de faire cesser.

»Jusqu'ici, vous avez dû lutter avec courage en »mon nom pour repousser des demandes inop- »portunes et pour me laisser l'initiative de réfor- »mes utiles lorsque l'heure en serait venue. Au- »jourd'hui, je crois qu'il est possible de donner »aux institutions de l'Empire tout le développe- »ment dont elles sont susceptibles et aux libertés »publiques une extension nouvelle sans compro- »mettre le pouvoir que la nation m'a confié.

»Le plan que je me suis tracé consiste à cor- »riger les imperfections que le temps a révélées

»et à admettre les progrès compatibles avec nos
»mœurs, car gouverner c'est profiter de l'expé-
»rience acquise et prévoir les besoins de l'a-
»venir.

»Le décret du 24 novembre 1860 a eu pour but
»d'associer plus directement le Sénat et le Corps
»législatif à la politique du Gouvernement, mais
»la discussion de l'Adresse n'a pas amené les ré-
»sultats qu'on devait en attendre ; elle a, parfois,
»passionné inutilement l'opinion , donné lieu à
»des débats stériles et fait perdre un temps pré-
»cieux pour les affaires ; je crois qu'on peut, sans
»amoindrir les prérogatives des pouvoirs délibé-
»rans, remplacer l'Adresse par le droit d'interpel-
»lation sagement réglementé.

»Une autre modification m'a paru nécessaire
»dans les rapports du Gouvernement avec les
»grands corps de l'Etat ; j'ai pensé que, en en-
»voyant les ministres au Sénat et au Corps légis-
»latif, en vertu d'une délégation spéciale pour y
»participer à certaines discussions, j'utiliserais
»mieux les forces de mon Gouvernement, sans
»sortir des termes de la Constitution qui n'ad-
»met aucune solidarité entre les ministres et les
»fait dépendre uniquement du chef de l'Etat.

»Mais là ne doivent pas s'arrêter les réformes
»qu'il convient d'adopter ; une loi sera proposée
»pour attribuer exclusivement aux tribunaux
»correctionnels l'appréciation des délits de presse
»et supprimer ainsi le pouvoir discrétionnaire du
»Gouvernement. Il est également nécessaire de
»régler législativement le droit de réunion en le
»contenant dans les limites qu'exige la sûreté
»publique.

»J'ai dit, l'année dernière, que mon Gouverne-
»ment voulait marcher sur un sol affermi, ca-
»pable de supporter le pouvoir et la liberté. Par
»les mesures que je viens d'indiquer, mes pa-

»roles se réalisent, je n'ébranle pas le sol que
»quinze années de calme et de prospérité ont
»consolidé, je l'affermis davantage en rendant
»plus intimes mes rapports avec les grands pou-
»voirs publics, en assurant par la loi aux citoyens
»des garanties nouvelles, en achevant enfin le
»couronnement de l'édifice élevé par la volonté
»nationale.

»Sur ce, monsieur le ministre, je prie Dieu
»qu'il vous ait en sa sainte garde.

»NAPOLÉON.»

La lettre impériale est accompagnée dans
le *Moniteur* du décret suivant :

NAPOLÉON, etc.,

Voulant donner aux discussions des grands
corps de l'Etat, sur la politique intérieure et extérieure du Gouvernement, plus d'utilité et plus
de précision ;

Avons décrété et décrétons ce qui suit :

Art. 1er. — Les membres du Sénat et du Corps
législatif peuvent adresser des interpellations au
Gouvernement.

Art. 2. — Toute demande d'interpellations
doit être écrite ou signée par cinq membres au
moins. Cette demande explique sommairement
l'objet des interpellations; elle est remise au président, qui la communique au ministre d'Etat et
la renvoie à l'examen des bureaux.

Art. 3. — Si deux bureaux du Sénat ou quatre
bureaux du Corps législatif émettent l'avis que
les interpellations peuvent avoir lieu, la Chambre fixe le jour de la discussion.

Art. 4. — Après la clôture de la discussion, la
Chambre prononce l'ordre du jour pur et simple
ou le renvoi au Gouvernement.

Art. 5. — L'ordre du jour pur et simple a toujours la priorité.

Art. 6. — Le renvoi au Gouvernement ne peut être prononcé que dans les termes suivans :

« Le Sénat (ou le Corps législatif) appelle l'attention du Gouvernement sur l'objet des interpellations. »

Dans ce cas, un extrait de la délibération est transmis au ministre d'Etat.

Art. 7. — Chacun des ministres peut, par une délégation spéciale de l'Empereur, être chargé, de concert avec le ministre d'Etat, les présidens et les membres du Conseil-d'Etat, de représenter le Gouvernement devant le Sénat ou le Corps législatif, dans la discussion des affaires ou des projets de loi.

Art. 8. — Sont abrogés les articles 1 et 2 de notre décret du 24 novembre 1860 qui statuent que le Sénat et le Corps législatif voteront tous les ans à l'ouverture de la session une adresse en réponse à notre discours.

Art. 9. — Notre ministre d'Etat est chargé de l'exécution du présent décret.

Fait au palais des Tuileries, le 19 janvier 1867.

NAPOLÉON.

Par l'Empereur :

Le ministre d'Etat,

E. ROUHER.

I.

LE
COURONNEMENT DE L'ÉDIFICE

21 Janvier 1867.

Le Gouvernement impérial, disons-mieux, l'Empereur, vient d'agrandir la sphère des libertés constitutionnelles. Son initiative , d'accord avec les vœux de l'opinion, achève « le couronnement de l'édifice élevé par la volonté nationale. »

Nous ne chercherons pas dans cette importante innovation, un thème à des phrases complimenteuses. Outre qu'il est peu digne d'aduler le pouvoir, il y a certains actes qu'on rapetisserait en voulant les louer.

La réforme libérale du 19 janvier est de ce nombre. Le souverain a fait son devoir. La reconnaissance du pays ne s'égarera point.

Ce qui frappe tout d'abord en présence de cet acte désiré, mais imprévu, c'est le caractère régulier et persévérant d'une politique dont la marche et le but étaient tracés d'avance. Sans se laisser un seul instant troubler par les obstacles, ni entraîner par les événemens, l'élu de 1851 a accompli heure par heure son programme primitif. L'Empire naissant, ou plutôt renaissant, comprimait la liberté pour la sauver de ses excès ; mais il avait promis, le moment venu, de restituer au pays ce dépôt sacré.

Le 24 novembre 1860, il faisait un pas considérable dans la voie libérale.

Le 19 janvier 1867, il complétait son œuvre progressive et dégageait la parole solennellement donnée à la nation.

Ainsi quiconque voudra jeter un coup d'œil en arrière trouvera une corrélation évidente entre la lettre impériale publiée hier au *Moniteur*, le décret du 24 novembre 1860 et les discours prononcés, il y a quinze ans, au début du second Empire.

Citons des textes authentiques et comparons :

« J'espère assurer les destinées de la »France en fondant des institutions qui

»répondent à la fois et aux instincts dé-
»mocratiques de la nation et à ce désir ex-
»primé universellement d'avoir désormais
»un pouvoir fort et respecté. En effet, don-
»ner satisfaction aux exigences du mo-
»ment en créant un système qui reconsti-
»tue l'autorité sans blesser l'égalité, sans
»fermer aucune voie d'amélioration, *c'est*
»*jeter les bases du seul édifice capable de*
»*supporter plus tard une liberté sage et bien-*
»*faisante.* »

Ces paroles mémorables furent pro-
noncées par le chef de l'Etat le 31 dé-
cembre 1851, en recevant communication
du vote dépassant 7 millions de suffrages.
Le 24 novembre 1860, un décret impérial associait plus directement à la direction des affaires publiques les grands corps
de l'Etat et les représentans du pays. Enfin, aujourd'hui, nous lisons dans la lettre
impériale :

« Par les mesures que je viens d'indi-
»quer, mes paroles se réalisent ; je n'é-
»branle pas le sol que quinze années de
»calme et de prospérité ont consolidé ; je
»l'affermis davantage en rendant plus in-
»time mes rapports avec les grands pou-
»voirs publics, en assurant par la loi aux

»citoyens des garanties nouvelles, en *ache-*
»*vant enfin le couronnement de l'édifice*
»*élevé par la volonté nationale.* »

La concordance des déclarations, l'esprit de suite se dégagent nettement des
textes mis en présence. L'initiative d'hier
ne constitue point un fait anormal et contradictoire avec le principe du Gouvernement de Napoléon III. Il était prévu, an-
noncé quinze années à l'avance, et l'on
peut dire que la lettre impériale, écrite
depuis longtemps dans la pensée de son
auteur, n'attendait que la date.

Nous le demandons à tout homme de
bonne foi, cette fixité inébranlable dans
un système politique ne révèle-t-elle pas
la force et la sagesse de nos institutions
actuelles. Si le Gouvernement a pu sans
témérité et de son propre mouvement
étendre le domaine de la discussion et
délivrer la presse du régime discrétionnaire des avertissemens, n'est-ce pas la
preuve que le rouage constitutionnel s'est
perfectionné et que les mœurs publiques
se sont améliorées sous l'influence du régime impérial ? Une liberté graduellement
progressive devait suivre pas à pas l'as-
soupissement des passions révolutionnai-

res. C'était un contrat synallagmatique qui a été loyalement tenu de part et d'autre. On nous avait promis la liberté, nous avions promis d'en être dignes, et la liberté est venue.

Et ici une réflexion pénible, mais instructive, se présente à l'esprit. Il a fallu quinze ans pour effacer les traces de la guerre civile et faire rentrer dans son lit le fleuve débordé en 1848. Quinze ans de la vie d'un peuple ont été employés à raffermir le sol si profondément ébranlé par la crise révolutionnaire.

On détruit vite, on reconstitue lentement.

Enfin, à cette heure, le pays éclairé sur les terribles conséquences des passions provocatrices, retrouve la liberté sans perdre le calme. L'expérience du passé devient la garantie de l'avenir. A ce moment aussi on peut dire que l'Empire est fait, car il repose sur le seul appui qui ne trompe pas, un pouvoir fort et respecté, et il n'attend plus son couronnement libéral.

Certes, la main qui vient de signer le décret émancipateur du 19 janvier, ne

cessera de perfectionner et d'améliorer
son œuvre. Nous en avons pour garant la
devise si judicieuse et si conforme à l'esprit moderne : « Gouverner, c'est profi-
»ter de l'expérience acquise et prévoir les
»besoins de l'avenir. » Mais quoiqu'il ar-
rive, le chef de l'Etat aura la gloire et la
suprême satisfaction d'avoir achevé sa tâche. Son plan constitutionnel embrassait,
pour arriver à son complément, la pé-
riode que nous venons d'atteindre.

Il est aujourd'hui achevé.

II.

Le Droit d'Interpellation

22 Janvier 1867.

« Sans qu'on puisse prétendre, d'une manière absolue que le régime parlementaire
est impossible en France, l'expérience au-
torise à dire que son établissement y ren-
contre plus de difficultés qu'ailleurs, puis-
que, ayant été essayé trois fois depuis
1789 , il a toujours par son libre jeu
amené une révolution. » Ainsi s'exprime
M. Granier de Cassagnac dans son *Histoire de la chute du roi Louis-Philippe*, et
tous ceux qui ont assisté aux excès et
aux violences ridicules ou funestes de la
tribune sous la monarchie de Juillet et
sous la République de 1848, ratifieront
les appréhensions de tous les esprits con-
servateurs pour les débauches de la parole
et les compétitions parlementaires.

Ce serait donc une grave erreur que de
croire qu'il pût jamais venir à la pensée du
Gouvernement impérial de nous ramener
à cet orageux système. L'expérience est

faite. Elle nous a révélé les périls et les défauts du parlementarisme sans limites. Pourquoi y reviendrait-on ?

Si on pouvait douter des tendances de notre caractère national à abuser de la liberté de la tribune, il suffirait de considérer avec quel entraînement et quelle passion les débats de l'Adresse ont été détournés de leur but primitif, au grand préjudice des discussions sérieuses.

Que devait être l'Adresse dans l'interprétation loyale du décret du 24 novembre 1860 ? M. le président Troplong l'a définie d'une manière exacte et judicieuse: « L'Adresse, au lieu d'être un champ de bataille, ne sera qu'une *information loyale et patriotique* sur les besoins du pays. On discutera pour *éclairer* le pouvoir, non pour le *renverser* ; la parole des orateurs sera plus impartiale, quand l'ambition des portefeuilles n'en sera plus l'excitation. On fera les *affaires publiques*, on ne fera plus celles des *coalitions* et des *partis*. La vie publique prendra plus d'énergie, mais elle ne sera plus celle des *factions*. »

Le président du Sénat avait raison. Voilà, en effet, quel devait être le carac-

tère et le but de la discussion de l'A-
dresse due à l'initiative libérale de l'Empereur. Mais par une déplorable coïnci-
dence, le débat a versé dans les ornières
des coalitions et des partis. A la place
d'une information loyale et patriotique
sur les besoins du pays, nous avons assisté à un tournoi de la parole tantôt nua-
geux et insaisissable, tantôt terre à terre
et personnel. Un temps précieux se con-
sumait dans de stériles et irritantes dis-
putes, et la nation, calme et ennemie des
tempêtes politiques, s'étonnait que le tem-
ple législatif fut redevenu si bruyant et si
agité.

De là une surexcitation générale, une
inquiétude dans les esprits, un temps
d'arrêt dans les affaires. Le peuple, qui
a le sentiment du travail sérieux et des
choses pratiques, se demandait si ces violences de la tribune ne présageaient pas
de nouvelles commotions sociales. Le com-
merce était languissant et les transactions
hésitantes, parce qu'il plaisait à M. Jules
Favre de se faire, dans une assemblée
française, l'avocat de Juarez, ou à M.
Thiers de déverser sur nous ces flots d'é-

loquence qui ont entraîné dans l'abîme la monarchie de Juillet.

Voilà ce qu'était devenue la discussion de l'Adresse, dénaturée à plaisir et défigurée par des esprits turbulens ou chagrins, dont les préoccupations ne tendaient nullement *à éclairer* l'Empereur et son Gouvernement.

Ce débat, aujourd'hui funeste aux intérêts du pays, on le supprime et on le remplace par le droit d'interpellation que les organes les plus avancés du libéralisme sollicitent depuis longtemps. A la gauche de la Chambre et dans la presse le droit d'interpellation n'a pas cessé d'être le cheval de bataille de l'opposition. C'était le *delenda Carthago* des chefs de l'école émancipatrice. Enfin leurs vœux sont comblés et cependant il n'est pas sûr qu'ils soient encore satisfaits.

Nous pensons, quant à nous, que le droit d'interpellation sagement réglementé, mais non point enchaîné, offrira tous les avantages de la discussion de l'Adresse sans en avoir les inconvéniens. Ce serait faire injure au souverain, au moment même où il marche en avant dans la voie libérale, que de lui supposer l'intention de rendre illusoire la faculté nouvelle concédée aux représentans du pays. Désireux de connaître les vœux de la nation, le Gouvernement n'a rien à perdre à la manifestation sincère du sentiment public sur chaque question spéciale et d'un intérêt réel.

Ce qu'il fallait éviter, c'est le parlage prolixe, oiseux et superficiel accaparant la place réclamée par les débats pratiques et opportuns; c'est la longueur interminable de la discussion de l'Adresse absorbant deux mois entiers pour nous entretenir de la Chine et du Japon, et laissant à peine huit jours pour élaborer des projets de loi aussi considérables que ceux de la marine marchande ou des conseils généraux.

Désormais, dès l'ouverture de la session, le Sénat et le Corps législatif entreront dans l'examen des nombreuses questions, des projets de loi d'intérêt local et général soumis à leur contrôle, et par les interpellations, aucun acte de politique intérieure ou extérieure n'échappera à un éclaircissement contradictoire entre les

orateurs du Gouvernement et les membres des grands corps de l'Etat. De plus,
on ne renverra pas au travail précipité de
la dernière heure les plus utiles discussions, et nous aurons véritablement deux
assemblées politiques au lieu de deux tri-
bunes aux harangues.

Nous comprenons parfaitement que
les adversaires occultes ou avoués de nos
institutions actuelles, que ceux qui ont
des regrets ou des espérances multicolores,
accueillent avec une froideur qui touche à
la déception des mesures progressives
comme le droit d'interpellation, mais non
point excessives jusqu'à la témérité. Pour
satisfaire ces oppositions obstinées, ce
n'est pas le couronnement de l'édifice
qu'il faudrait leur donner, c'est une pioche
pour renverser ce même édifice.

Mais l'immense majorité du pays, qui ne
sépare point le principe d'ordre d'une
sage liberté, le peuple, qui accomplit
courageusement son œuvre quotidienne
et se souvient de la détresse provoquée
par les crises révolutionnaires, la nation
enfin, qui, par ses représentans, veut être
associée à la politique gouvernementale,

sans entraver les rouages de nos institutions, la nation, disons-nous, se montre reconnaissante de la réforme libérale du 19 janvier.

Grâce à cette initiative, les prérogatives des pouvoirs délibérans s'exerceront d'une manière aussi large et plus opportune que par le passé, et la presse, libre devant le droit commun, apportera à la discussion publique un concours plus autorisé parce qu'il sera plus indépendant.

III.

La présence des Ministres aux Chambres

23 Janvier 1867.

Le décret libéral de l'Empereur ne date, pour ainsi dire, que d'hier, et déjà les mécontens quand même ont essayé de mordre sur chacune des innovations progressives inaugurées en France. Les avertissemens mêmes, abhorrés jadis, arrachent des regrets à certains journaux en délicatesse avec la police correctionnelle.

Soyons juste ; une réforme réalisée par le décret du 19 janvier, a échappé à la critique des opposans même les plus farouches. D'une voix unanime, on approuve la délégation spéciale donnée à certains ministres de porter la parole dans les Chambres, au nom du Gouvernement. On voit là, avec raison, un progrès réel, une conséquence normale du droit d'interpellation. Suivant l'expression de la lettre impériale : C'est un meilleur emploi des forces du Gouvernement.

L'entrée des ministres au Corps législatif et au Sénat comme orateurs du Gouvernement n'est nullement contraire à l'esprit de la Constitution de 1852. Il en était autrement en 1815, où une disposition de l'acte additionnel interdisait aux ministres ayant département de venir devant les Chambres. De plus, ce droit, résultant du silence de la loi actuelle, concorde avec l'article 4 du règlement du 3 février 1861, où il est dit : « qu'un décret de l'Empereur nomme les commissaires du Gouvernement — sans indiquer que ce seront des ministres sans portefeuille — ou des conseillers d'Etat qui doivent soutenir la discussion. »

La disposition nouvelle est une conséquence et une consécration du droit d'interpellation accordée aux pouvoirs délibérans. Il est évident, en effet, que loin de restreindre le débat, cette concession permettra de soulever dans les Chambres des questions plus nombreuses. La discussion moins uniforme portera sur des points variés et le Gouvernement accroit le nombre de ses orateurs pour faire face au développement du terrain parlementaire.

On le voit, plus l'on pénètre dans le cœur de la réforme libérale et mieux on en comprend le sens et la portée progressive. Si par la suppression de l'Adresse on eut cherché à resserrer les débats des Chambres, il devenait inutile d'accroître le nombre des ministres orateurs. L'argument nous semble irréfutable.

Au point de vue pratique, les délégations spéciales à tel ou tel ministre de porter la parole sur un acte de sa compétence constituent une innovation heureuse. M. Duruy, par exemple, ou l'amiral Rigault de Genouilly venant au banc ministériel fournir des explications sur une question d'instruction publique ou un événement maritime, parleront avec une autorité qui ferait défaut à un simple conseiller d'Etat, quelque soit la compétence des membres de cette active et laborieuse Assemblée.

Mais l'article 13 de la Constitution subsiste dans son esprit et dans sa lettre. Les ministres dépendront toujours du chef de l'Etat. Ils ne sont responsables que cha-

cun en ce qui le concerne des actes du Gouvernement et il n'y a pas de *solidarité* entre eux.

Dans l'intérêt du pays, de l'expédition des affaires, de la bonne administration du pays, il ne faut pas regretter cette absence de solidarité et d'irresponsabilité qui distinguent nos ministres actuels de leurs devanciers, sous le régime parlementaire. « Aucun d'eux, dit M. Latour du Moulin, dans ses *Lettres sur la Constitution de* 1852, ne devait rien faire d'important sans l'assentiment de ses collègues ; absorbés par les exigences quotidiennes de la tribune, harcelés par la presse, obligés de compter avec une majorité insatiable dont ils n'étaient jamais absolument sûrs, ils pouvaient à peine suffire à leur tâche et négligeaient forcément la direction des affaires du département qui leur était confié pour se consacrer à la politique, c'est-à-dire pour disputer leurs portefeuilles à d'habiles et infatigables rivaux. »

Voilà les charmes ineffables et les merveilleux résultats du parlementarisme et de la responsabilité ministérielle ! L'histoire de la monarchie de Juillet nous a suffisamment édifié sur ce système gouvernemental qu'on voudrait représenter comme l'âge d'or des sociétés politiques. Assez de crises de Cabinet et de compétitions ministérielles, assez de conflits de paroles et de batailles de la tribune ! On sait où mène la formule célèbre : Le Roi règne et ne gouverne pas : aux révolutions et aux barricades.

Si nous nous félicitons de voir les ministres entrer au Sénat et au Corps législatif comme organes de la politique gouvernementale, nous déplorerions comme un malheur un retour aux excès du régime parlementaire. Mais une telle innovation n'est point à craindre. L'expérience du passé suffira pour nous mettre en garde contre un pareil système, incompatible avec le caractère et le tempérament de la nation.

Conservons au contraire avec sollicitude l'organisation actuelle qui permet à chaque ministre de se consacrer tout entier à son importante mission. Aussi en comparant les travaux accomplis dans chaque département ministériel depuis quinze ans avec le résultat obtenu pendant les vingt années qui ont précédé le second Empire, il sera facile de se rendre compte du meilleur système. La collection du *Moniteur* est là pour répondre.

Les délégations spéciales n'éloignent pas les ministres de leur travail fécond. Elles contribueront même à exciter leur zèle par la pensée d'avoir à discuter au Sénat ou au Corps législatif telle ou telle question importante. Enfin, les abus seront plus rares et échapperont plus difficilement au contrôle de l'opinion s'exerçant par la voix des représentans du pays.

Sur ce point encore, le décret du 19 janvier répond à une pensée libérale et progressive. Il améliore et perfectionne une constitution qui, pour avoir reçu son couronnement, n'en reste pas moins *perfectible*.

IV.

La Suppression du Régime des Avertissements

24 Janvier 1867.

« Une loi sera proposée pour attribuer exclusivement aux tribunaux correctionnels l'appréciation des délits de presse, et supprimer ainsi le pouvoir discrétionnaire du Gouvernement. » C'est en ces termes nets et précis que la lettre impériale annonce la réforme qui délivre la presse du régime des avertissemens et de la suppression par voie administrative.

Nous n'avons que faire des détours et des périphrases pour dire notre sentiment sur cette mesure qui intéresse l'existence même du journalisme. A nos yeux, elle est heureuse, et nous déclarons bien haut que, depuis 1852, aucune initiative du Gouvernement impérial ne nous paraît plus digne de mériter les éloges de la presse.

Qu'était l'avertissement créé par le décret du 17 février 1852 ? Une arme de

circonstance, une pénalité exceptionnelle,
un moyen de répression rigoureuse pour
parer à des périls immédiats. Mais le
calme est venu après la tempête révolu-
naire. Ce déluge de mauvaises passions,
de polémiques irritantes, d'appels à la sé-
dition a disparu avec les mauvais jours de
nos dissensions civiles. Les journaux dont
le titre seul était un outrage à la religion
ou à la société tombèrent avec la dernière
barricade, et depuis quinze ans la polé-
mique des feuilles politiques, sauf quelques rares exceptions, est empreinte d'un
sentiment de convenance en harmonie
avec les mœurs publiques.

Cependant l'avertissement était resté
comme une épée de Damoclès suspendue
sur la tête des journaux. Quelques-uns en
sont morts.

Empressons-nous d'ajouter, pour trai-
ter en toute franchise une question si importante, que dans l'entourage du pou
voir et parmi les hommes les plus dé-
voués aux institutions impériales, tous
n'étaient pas partisans du maintien de
l'avertissement. Plus d'un faisait des
vœux en faveur d'un amoindrissement de
cette pénalité d'autant plus effrayante

qu'elle était plus vague. Ainsi dans une *Histoire contemporaine de la France*, attribuée à un savant historien aujourd'hui ministre, nous trouvons cette phrase : « Le décret-loi du 17 février 1852 fut un décret rigoureux dont il faut espérer l'adoucissement. »

Ces idées de modération prévalurent et en 1861 le projet de loi du 2 juillet établit que tout avertissement serait périmé deux ans après sa date. Le Corps législatif approuva cette innovation heureuse et M. Nogent Saint-Laurent en démontra les avantages dans son rapport : « Le bénéfice du temps, disait-il, est ainsi accordé au journal. Il dépendra de lui d'effacer, par une modération toujours désirable pour la bonne et sérieuse discussion, le préjudice *du péril* résultant d'un avertissement. »

On le voit, les meilleurs et les plus sages esprits ne se faisaient point illusion sur le péril que l'avertissement entraînait avec lui pour les journaux soumis à ce régime discrétionnaire. Ce danger eût été terrible pour peu que les dépositaires du pouvoir aient cédé à des entraînemens irréfléchis ou à des suggestions malveil-

lantes ; car, il faut bien le dire, la liste des
avertissemens donnés depuis 1852 est
longue, il est vrai ; mais elle le serait deux
fois plus si les ministres, préfets et sous-
préfets n'avaient point repoussé les conseils
de la rancune ou de l'amour-propre froissé
réclamant contre tel ou tel journal *un
tout petit avertissement*. On s'est égayé
d'une pénalité de ce genre motivée par
une attaque contre un engrais estimé ;
mais combien de fois des motifs encore
moins politiques et plus ridicules ser-
vaient de point de départ à des demandes
d'avertissement, heureusement refusées.

Le régime *avertisseur* — qu'on nous
pardonne l'expression — aujourd'hui en-
terré, constituait donc une arme difficile
à manier et nuisait à la presse sans servir
utilement l'administration gouvernementale. Certains préfets même — et nous
parlons des plus éminens — se montraient
justement fiers de n'avoir jamais eu be-
soin de recourir à cette sévère pénalité.

D'ailleurs, en dépit de la réserve dont
le pouvoir s'efforçait de faire usage dans
l'application de la pénalité de 1852, pas
plus en France qu'ailleurs, il ne convient

que l'autorité soit juge et partie dans sa
propre cause. Un Gouvernement, quoi
qu'il fasse, sera toujours sonpçonné de
vouloir exercer une pression sur la pensée publique. Combien cette accusation
sera plus complaisamment accueillie, si la
loi donne aux dépositaires de l'autorité
les attributions de la justice !

Ce n'est pas tout. Ce système bâtard,
à la fois judiciaire et administratif, établis-
sait une sorte d'inégalité entre les journaux dont les drapeaux sont différens.
Cette seule pensée suffirait à la condam-
nation du régime des avertissemens. Du
moins, la justice a un bandeau sur les
yeux pour indiquer que devant la loi tous
les hommes sont égaux, et, dans notre
conviction, nous croyons qu'un journaliste
a tout à gagner à rentrer dans le droit
commun et, s'il commet un délit, à passer
en police correctionnelle, comme son voi-
sin le maçon.

Quelques objections s'élèvent à l'idée
que les tribunaux correctionnels vont connaître des délits de presse et certaines
personnes ne craignent pas d'insinuer
que le journalisme tombe de Charybde

en Scylla. Les esprits prévenus entre-
voient d'avance les amendes et les em-
prisonnemens qui vont fondre sur les
feuilles politiques pour un simple défaut
de signature ou une phrase à double en-
tente.

Nous ne saurions partager ces appréhensions chimériques. Si un tribunal n'est
point infaillible , du moins il offre les
meilleures et les plus respectables garanties d'équité. D'ailleurs , nous le répé-
tons, pourquoi des prérogatives — ce que
nous ne saurions admettre — ou des exceptions en faveur de telle ou telle cor-
poration ? Si les tribunaux correctionnels
sont sévères , ils le sont pour tout le
monde ; mais nous savons qu'ils sont
justes et nous saluons avec reconnaissance
la rentrée de la presse dans le droit commun.

Quelques écrivains, en petit nombre
du reste , après avoir guerroyé quinze
ans contre le régime discrétionnaire à
l'endroit des journaux , se sentent pris
d'un remords soudain, et parce qu'on re-
fuse aux délits de la presse l'appareil im-

posant de la Cour d'assises, ils sont tous prêts à regretter les avertissemens.

Cette évolution ne sera pas un des faits les moins curieux du journalisme contemporain. La presse enregimentée dans l'opposition était unanime à considérer l'avertissement comme le pire des systèmes ; on supprime ce régime discrétionnaire et certaines feuilles, le *Siècle*, par exemple, préfèrent aujourd'hui aux tribunaux « l'intervention administrative qui offrait à la presse une certaine garantie dans la responsabilité morale des fonctionnaires qui avaient juridiction sur elle. » Cette déclaration si peu aimable pour la justice est signée L. Havin, directeur politique du *Siècle* et *ancien juge de paix à Saint-Lô*. M. Havin aurait-il oublié qu'avant d'être le représentant de son pays, il fut le représentant de la justice ?

Quoiqu'il en soit, la lettre impériale a donné le coup de grâce au système transitoire et momentané des avertissemens. Elle n'inaugure pas l'avénement de la liberté complète de la presse, à laquelle il ne faut pas plus prétendre qu'au retour du régime parlementaire ; mais sans aller jusqu'à la limite où les passions politiques commencent leur travail de démolition, on pouvait faire un pas dans une voie plus favorable à l'indépendance de la presse, comme à la discussion des affaires.

Tel est le sens et la portée de la ré-forme progressive du 19 janvier 1867. Ce n'est certes pas le dernier mot du libé-ralisme impérial. Mais il faut y voir la réalisation des promesses d'un Gouverne-ment qui saura toujours « profiter de l'expérience acquise et prévoir les be-soins de l'avenir. » Le couronnement d'un édifice ne s'oppose pas à ce qu'on y ap-porte de nouvelles et intelligentes amé-liorations.

Havre. — Imp. CARPENTIER et C⁰, rue Beauverger, 2